W9-BDL-574

Introducción a los padres

We Both Read es la primera serie de libros diseñada para invitar a padres e hijos a compartir la lectura de un cuento, por turnos y en voz alta. Esta "lectura compartida" —que se ha desarrollado en conjunto con especialistas en primeras lecturas— invita a los padres a leer los textos más complejos en la página de la izquierda. Luego, les toca a los niños leer las páginas de la derecha, que contienen textos más sencillos, escritos específicamente para primeros lectores.

Leer en voz alta es una de las actividades más importantes que los padres comparten con sus hijos para ayudarlos a desarrollar la lectura. Sin embargo, *We Both Read* no es solo leerle *a* un niño, sino que les permite a los padres leer *con* el niño. *We Both Read* es más poderoso y efectivo porque combina dos elementos claves del aprendizaje: "demostración" (el padre lee) y "aplicación" (el niño lee). El resultado no es solo que el niño aprende a leer más rápido, ¡sino que ambos disfrutan y se enriquecen con esta experiencia!

Sería más útil si usted lee el libro completo y en voz alta la primera vez, y luego invita a su niño a participar en una segunda lectura. En algunos libros, las palabras más difíciles se presentan por primera vez en **negritas** en el texto del padre. Señalar o hablar sobre estas palabras ayudará a su niño a familiarizarse con ellas y a ampliar su vocabulario. También notará que el ícono "lee el padre" precede el texto del padre y el ícono "lee el niño" precede el texto del niño.

Lo invitamos a compartir y a relacionarse con su niño mientras leen el libro juntos. Si su hijo tiene dificultad, usted puede mencionar algunas cosas que lo ayuden. "Decir cada sonido" es bueno, pero puede que esto no funcione con todas las palabras. Los niños pueden hallar pistas en las palabras del cuento, en el contexto de las oraciones e incluso de las imágenes. Algunos cuentos incluyen patrones y rimas que los ayudarán. También le podría ser útil a su niño tocar las palabras con su dedo mientras leen para conectar mejor el sonido de la voz con la palabra impresa.

¡Al compartir los libros de *We Both Read*, usted y su hijo vivirán juntos la fascinante aventura de la lectura! Es una manera divertida y fácil de animar y ayudar a su niño a leer —¡y una maravillosa manera de preparar a su niño para disfrutar de la lectura durante toda su vida!

Parent's Introduction

We Both Read is the first series of books designed to invite parents and children to share the reading of a story by taking turns reading aloud. This "shared reading" innovation, which was developed with reading education specialists, invites parents to read the more complex text and storyline on the left-hand pages. Then, children can be encouraged to read the right-hand pages, which feature less complex text and storyline, specifically written for the beginning reader.

Reading aloud is one of the most important activities parents can share with their child to assist in his or her reading development. However, *We Both Read* goes beyond reading *to* a child and allows parents to share the reading *with* a child. *We Both Read* is so powerful and effective because it combines two key elements in learning: "modeling" (the parent reads) and "doing" (the child reads). The result is not only faster reading development for the child, but a much more enjoyable and enriching experience for both!

You may find it helpful to read the entire book aloud yourself the first time, then invite your child to participate in the second reading. In some books, a few more difficult words will first be introduced in the parent's text, distinguished with **bold lettering**. Pointing out, and even discussing, these words will help familiarize your child with them and help to build your child's vocabulary. Also, note that a "talking parent" icon precedes the parent's text and a "talking child" icon precedes the child's text.

We encourage you to share and interact with your child as you read the book together. If your child is having difficulty, you might want to mention a few things to help him or her. "Sounding out" is good, but it will not work with all words. Children can pick up clues about the words they are reading from the story, the context of the sentence, or even the pictures. Some stories have rhyming patterns that might help. It might also help them to touch the words with their finger as they read, to better connect the voice sound and the printed word.

Sharing the *We Both Read* books together will engage you and your child in an interactive adventure in reading! It is a fun and easy way to encourage and help your child to read—and a wonderful way to start your child off on a lifetime of reading enjoyment!

Museum Day
A We Both Read® Book
Level K

Día del museo
Un libro de *We Both Read*
Nivel K

Editorial and Production Services by Cambridge BrickHouse, Inc.

Published by
Treasure Bay, Inc.
P.O. Box 119
Novato, CA 94948 USA

Printed in Singapore

Library of Congress Control Number: 2014938456

ISBN: 978-1-60115-064-6

We Both Read® Books
Patent No. 5,957,693

Visit us online at:
www.webothread.com

PR 11-14

WE BOTH READ®

Museum Day
Día del museo

By Sindy McKay

Illustrated by Meredith Johnson

Traducido por Yanitzia Canetti

TREASURE BAY

Museum Day is here! We ride there on a . . .

¡El día del museo llegó! Vamos hacia allí en un . . .

. . . bus.

. . . autobús.

My dad and I can't wait! This day is just for . . .

¡Mi papá y yo no podemos esperar! Es un día solo para . . .

. . . us.

. . . nosotros.

 The dinosaurs are great. And some are really . . .

Los dinosaurios son geniales. Y este es realmente . . .

. . . big.

. . . grande.

 We see some bones and fossils. They even let us . . .

Vemos algunos huesos y fósiles. Nos permiten incluso . . .

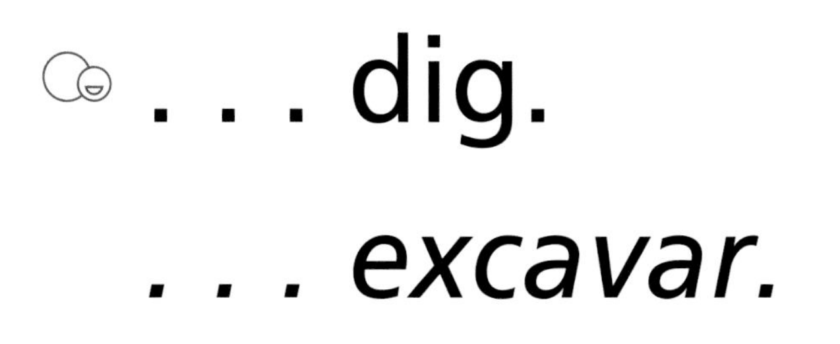

. . . dig.

. . . excavar.

 There is a big whale. There is a small . . .

Hay una ballena grande. Hay un pequeño . . .

. . . fox.

. . . zorro.

And meteors from space! To me they look like . . .

¡Y meteoros del espacio! Para mí son como . . .

. . . rocks.

. . . rocas.

 At noon we stop for lunch. Beneath a tree we . . .

Al mediodía paramos para almorzar.
A la sombra de un árbol nos vamos a . . .

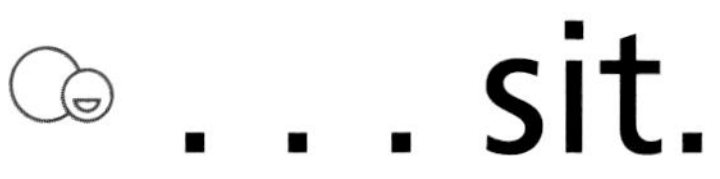

. . . sit.

. . . sentar.

 A birdie steals my sandwich.
And then she shares a . . .

Un ave se roba mi bocadillo.
¡Y luego comparte un . . .

. . . bit!

. . . poquito!

 But I don't really mind. I want to go back . . .

Pero a mí no me importa. Yo quiero volver a . . .

. . . in.

. . . entrar.

I run to see the masks. They always make me . . .

Yo corro a ver las máscaras. Me hacen siempre . . .

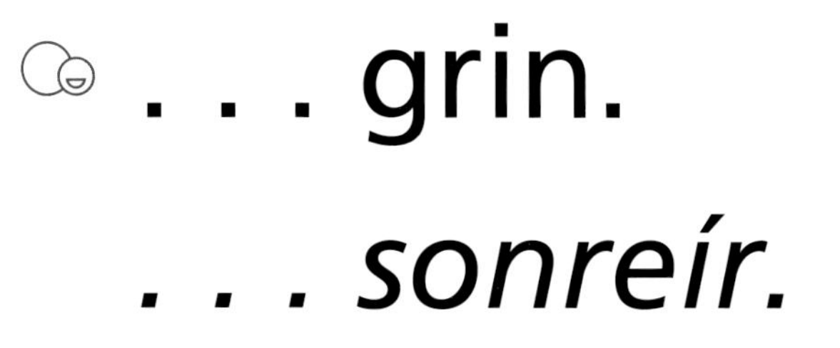

. . . grin.

. . . sonreír.

 We look at telephones. We look at lots of . . .

Miramos los teléfonos. Miramos un montón de . . .

. . . hats.

. . . sombreros.

 Egyptian stuff is cool! Egyptians loved their . . .

¡Todo lo egipcio es genial! Los egipcios adoraban los . . .

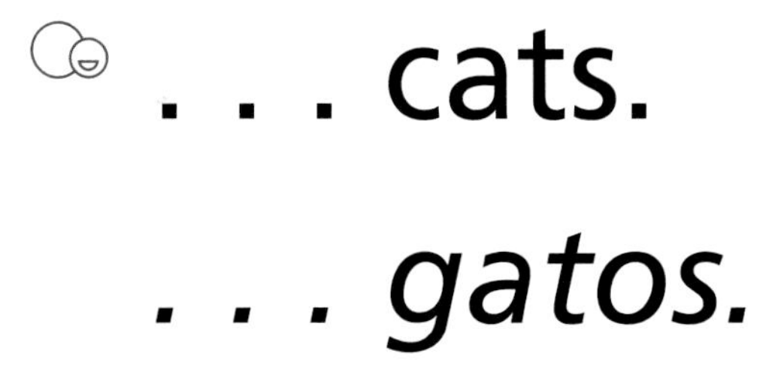

. . . cats.

. . . gatos.

 We hear a noise — oh, look! A bird is on the . . .

Escuchamos un ruido: ¡Mira! Un ave está sobre el . . .

. . . duck.

. . . pato.

 That birdie stole my lunch. Oh dear, I think she's . . .

Esa ave me robó el almuerzo. ¡Ay, no! ¡Creo que está . . .

. . . stuck!

. . . atascada!

 A guard now has a net. Another hollers, . . .

Un guardia tiene ahora una red. Otro grita: . . .

. . . "NO!"

. . . —*¡NO!*

 The bird flies way up high. They need that bird to . . .

El ave vuela muy alto. ¡Ellos necesitan que el ave se . . .

. . . go!

. . . vaya!

 I wave a piece of bread. Her wings begin to . . .

Yo agito un trozo de pan. Sus alas comienzan a . . .

. . . flap.

. . . batir.

She follows me outside. The guests all cheer and . . .

El ave me sigue hasta afuera.
¡Todos los visitantes se alegran y empiezan a . . .

. . . clap!

. . . aplaudir!

 And now it's time to go. We see the setting . . .

Ya es tiempo de marcharse. Vemos la puesta del . . .

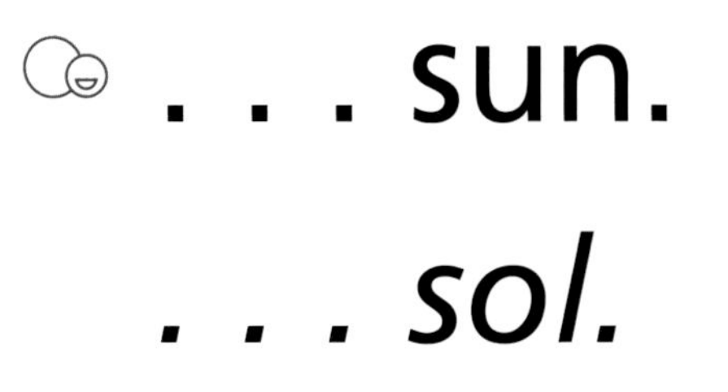

. . . sun.

. . . sol.

 But we'll come back again. We always have such . . .

Pero vamos a volver otra vez. ¡Tenemos siempre mucha . . .

. . . fun!

. . . diversión!

If you liked ***Museum Day,*** here is another We Both Read® book you are sure to enjoy!

*Si te gustó **Día del museo**, ¡seguramente disfrutarás este otro libro de la serie We Both Read®!*

Too Many Cats / *Demasiados gatos*

Suzu has asked for a white cat for her birthday. Now, on the night before her birthday, she begins to find cats all over the house. Suzu loves cats, but now she has too many! This book is a delight to read, with a focus for the beginning reader on the names for colors and the numbers from one to ten.

Suzu ha pedido un gato blanco para su cumpleaños. La noche antes de su cumpleaños, ella empieza a encontrar gatos por toda su casa. Suzu ama los gatos, ¡pero resulta que ahora tiene demasiados! Es un deleite leer este libro cuyo enfoque para los primeros lectores son los nombres de los colores y los números del uno al diez.

To see all the We Both Read books that are available, just go online to **www.WeBothRead.com**.

Para ver todos los libros disponibles de la serie We Both Read®, visita nuestra página web: ***www.WeBothRead.com.***